詩集　ストーマの朝

河野俊一

土曜美術社出版販売

詩集　ストーマの朝 ＊ 目次

扉写真／著者

詩集　ストーマの朝

いつも浅くて薄い夢だった

おはよう

おはよう
と目がさめ
おはよう
と返す
目ざめれば
まぶしく言葉が立ち上がる
ぐずぐずしないよ
薬は飲んだの
いっぱい食べなさい

と言える

生きるということは
言うということ
言われるということ
言って言われて
返事して言い返して
陽は高くなり
言って言われて
夏もめくられる
言葉の遠い飛躍を
心に留めながら
今日も生きることが始まること
みんなで抱き締める

ひで君

ひで君
どこかで擦れ違ったかな
もちろんきみは
朝こんなところでおじさんと会うことなど
思いもよらないだろうから
おじさんの車が視界に入ったとしても
そのまま気づかずに
自転車で五月の空気を割って
学校へと

まっしぐらに向かうだろう
時折きみという本流に
合流してくる友人と挨拶をかわしながら

今朝からおじさんはおばさんと
晃子ちゃんの看病を
交代するのだ
晃子ちゃんは
ひで君にあそんでもらったこと
よくおぼえているよ
この前もベッドの上で綾取りしながら
ひで君のうちに行ったことを話してた

晃子は今

ふりかえることばかりだけど
ひで君は
あしたのために
しっかり勉強して下さい
勉強はあしたにつながります
晃子もよくなったら
きっとおじさんやおばさんと
あしたのことを
いっぱい話したいと思うのです
今朝おじさんは
五時半に起きました
新しい一日につながる朝日は
とてもきれいでした

夢

書きたいことは
いっぱいあったのに
書けないことも
いっぱいありすぎて
日めくりが
過去へと散ってゆく
おおかた人の時間とは
そのように
せわしなく過ぎてゆくものだ

だからふつうは
やがて書くことを諦めたり
忘れていったりする
秋の朝食後
本当に何もかも
忘れてしまって
いいような気がしてくるが
そんなときおまえに
添い寝をすると
手も届かない空の
ひばりを追いかけて
二人でかけっこする夢を見る
けれどおとうさんが一緒に眠るのは
あわただしい昼間だけだから

いつも浅くて薄い夢だった

＊　当時国立九州がんセンターでは、小児がん患児の母親は病室に泊まることができても、父親が泊まることはできなかった。父親の中には、病院駐車場の車の中でいくつもの心もとない夜を過ごす者もいた。

となりあわせの

どこまでが煙で
どこまでが雲で

どこまでが過去で
どこまでが現在で

どこまでが吐いた息で
どこまでが空気で

線を引くことが
かけがえのないことと
思っていた若い日もあったが
次の季節がわざわざある日に
靴を履き替えて来るものではないと
気づいた日から
並んだものたちが
とけあってゆくことをおぼえた
融けあって　解けあえば
こころもまた
なごむ

どこまでがこの国で
どこまでがその国か

いつまでがこどもで
いつからがおとなか
思いにくれなずみ
おっとりと頬杖をつくと
夕日が落ちてゆく
どこまでが俺の人生で
どこまでがお前の人生で
どこまでが俺で
どこまでがお前で

遠くでどこか
自分をからかうようななつかしい声が
たそがれてくる

失業

小さな娘から
お菓子屋を開くように仰せつかった
積み上げた本と
敷いた布団の間に
お菓子屋を設ける
五つしかないお菓子を売っても
お店などやっていけないのでは
なんて思っていると
すかさず言葉を投げつけられる

お客さんにはね
　いらっしゃいませって言うんよ
だと
いらっしゃいませと
言われたくて
私にお菓子屋を開店させたのだ
　いらっしゃいませ
どれにいたしましょうか
と言うと
　そうねえ
そうねえなんて
日頃その小さな口は使わない
母親の真似か
まおちゃんの真似か

しばらく五つのお菓子を眺めまわして
あげくのはて
今日は買わないんだと
もう遅いから寝ようよ
また明日しようよ
そう言うと
柔らかなあくびで答える
お菓子屋さんごっこは
翌日しなかった
その翌日もしなかった
私は店のあるじを
クビになっていた

もうあの頃のおまえは

もうあの頃のおまえは
私の膝の上にも座らなくなって
おとうさん
とは呼びかけず
ねえ
と短く言葉をかけるだけになり
私が小さな肩に
手をやろうとするだけで
しかめっ面するようになったというのに

並べて干したTシャツだけは
難しい顔をせず
揺れて肩寄せ合って
ぶつかってくっついて
胸に日を溜めて
笑っていた夏の日
洗濯物は
私の気持ちもおまえの気持ちも
ちゃんとわかってくれていた
おまえの中には
しめやかな小さな森が育ち始め
私の中には
沈黙に耐える耳が
生まれようとしていたからだった

遠い日は
何食わぬ顔で
あとになってその句読点を
教えてくれる

長崎の冬

カトリーヌ・ドヌーヴが
映画[*1]の最後につぶやく言葉
「パリの冬って大好き」

三歳の冬
長崎への家族旅行から帰って
白血病を発症したね
再々発のあと骨髄を移植して
新しい骨髄がこしらえるリンパ球が

おまえを異物なんだと思い込んで
やみくもに襲い始めたものだから
おまえの口の中も
口内炎だらけになったりしたけれど
それが治ったから
無菌室を後にして
小学校の校門を
少しずつ伸び始めた髪を従えて
くぐることができた

それから十六年
大学を卒業して
長崎で働き始めた冬に
今度は

滑膜肉腫になってしまう
太腿の癌
生検のために
全身麻酔をしたね
おまえは生きている間
何度全身麻酔をしたっけ
そのあとも
粘液性膵嚢胞性腫瘍で
膵臓の七割を惜しげもなく切り捨て
脾臓もすっぱり抜き取って

さらに　ＥＳＢＬ感染　炎症反応　腸閉塞　ＭＲＩ　造影透視　大
腸癒着　ＰＥＴ／ＣＴ　ストーマ[*2]造設　ステージⅢｂ　転移九か所
リンパ節郭清　ポート設置　フォルフォックス　フォルフィリ　手

足症候群　肝機能障害　腹水　肺転移　腹膜播種　嘔吐反射　胃瘻

大学を卒業するまでは
検査はしながらも平和は保たれていたのに
仕事を始めたおまえにたたみかける
エルネオパ　イメンドカプセル　グラニセトロン　デキサート　レ
ボホリナート　オキサリプラチン　５－ＦＵ　デカドロン　テルペ
ラン　ロペラミド　リパクレオン　マグラックス　ラックビー　グ
ラクティブ　ロンサーフ　スチバーガ　モルヒネ
戦闘機か空爆機かミサイルか大口径火砲か化学兵器か軍用艦艇か
兵器の名前のような命を救う薬の名前が
数珠つなぎになって押し寄せて来る

おなかに張り　薬を変える場合も　下痢をしやすく　きついはず

抗癌剤は上手に生活に取り入れ　しびれが出たら　薬が効いていな
く　吐き気が出る場合　血圧が変わる　副作用は大きく　もう少し
様子を見て　疲労感も大きく　重い薬なので　大きくなってしまっ
た　数値が下がらなければ　水も溜まっている　緩和ケアのことは

旅先でストーマが
友達に会う直前に漏れたために
タクシーでホテルまで戻ったこともあった
運転手は
淡い匂いに素知らぬ顔をしてくれたか
匂いよりも切なく
戻る時間よりももどかしく
体中を刺されるような歯がゆさ
誰にも話したくない

誰からも声をかけて欲しくない
そんな日を
いくつも潜り抜けてきた
若い鮎さながら
身をくねらせて

ストーマは
最後まで自分で付け替えた
親にも手出しをさせなかった
大分に戻って
延命治療になったあと
長崎のともだちを
見舞いに行ったね
人のことばかり気になる子は

坂の街が好きだった
太腿に癌を抱えた日々も
階段を踏みしめてごみ出しをした
階段の上には
潮風に震える椿の葉の間から
海が見える所もあった

おまえも
長崎の冬が好きだったか

＊1　映画「真実」是枝裕和監督（2019年）
＊2　ストーマとは人工肛門のこと

新しい礼服

果実のように
わるい細胞を熟れさせながら
火照る体のおまえは
息を引き取る二週間前に
母親に連れられて
（いつ倒れてもいいように）
紳士服店へ行ったそうだ
私の礼服は
親父から譲り受けたもので

だいぶくたびれていたのだが
それが気になっていたんだと
私なんて
ちっとも気にしていなかったのに
おまえときたら

六月のディスプレイは
夏物入荷
あたりだったか
季節はどんどん生気をみなぎらせ
おまえは
どんどん衰えていく
私が次にそれを着るのは
自分の葬儀だと知っていて

選ぶ

いたいけなひとときが
みちあふれて震えながら
店の外まで流れ出していたことだろう
ながれだしたものを受けとめるのは
きっと
親と子の間に横たわる
狭くかぐわしい溝だ
溝に溜まってゆくものを
私はもう一度
その日のその店に戻って
この手で掬いたい
黒いネクタイで
漏れる声をきつく縛りながら

穏やかな朝

進むも地獄
退くも地獄
という言葉があるように
息を吸うのも地獄
息を吐くのも地獄
でした
もう二時間近く
そんな感じだったので
夜が明けて

ちょっとひとやすみしただけなのに
お父さんたら
急に慌て出して
お医者さん呼んで
やってきたお医者さんも
力まかせにまぶたを開けて
ペンライトで
目を照らしたりしたものだから
引くに引けなくなっちゃって
そのあとは
地下の違う部屋に連れていかれ
お線香あげられ
思いがけず穏やかな朝が
はちみつのように

与えられてしまったの

それからは
お父さんにとっては
初めてのことだらけでした
みんなへの連絡も
お通夜の準備も
心配そうな顔したり
何度も聞き返したり
わたしはもう
痛むことも苦しむこともなくなったので
はらはらするだけでした

お父さんは

そんなにも無防備です
言われたことを繰り返して
自分で考えるのをあきらめて
昔のことばかり思いだして
同じこと何度も言われて
お父さん
何が一番大変でしたか
お葬式でも終わって
穏やかな朝が繫がったら
お参りするときにでも
そっと教えてね

遠雷

芳名カードを整理する
葬儀にいらした方のお名前が
花束のようにひとつひとつしみわたる
うつくしい名前の人
かわいい名前の人
のびやかな名前の人
その人たちもまた
親に愛されているのだった
同じように私たちも

死んでしまった娘を愛した
たくさんの人がそれぞれ
愛に満ちた名前を携えてきてくれて
カードにも書いてくれたのに
亡くなった娘はもうどの名前も
呼ぶことができない
知らない温度が浮遊して
何もかもを
遠くに感じさせる
時のせせらぎが
耳の奥でこだまする
手の届かない光が
名前のように
さわれないものを

時折浮き上がらせては
細くたなびいて揺れる

たくさんのつぐないを散りばめて

美しい家

その美しい家は
冷え冷えと通りに沿っている
やせた植木の向こう
窓ガラスの多さに
食欲さえ
透きとおっていく
かなしみとは
そんな家のようなものだ
光をとおして

うちがわに広がりをもつもの
そしてその中で
空気だけを刻んでいる時計が
固くうつむく

その季節

娘が息を引き取った六月三十日は
初夏にしては熟れすぎて
夏というには幼すぎる
梅雨というひとときもあるにはあるが
その週ばかりは
雨など忘れたように
来る日も来る日も
夕焼けが美しかった
今年もそんな

夏の隙間としか
名づけようのない日々が近寄ってくる
毎朝まぶしい方角に出勤するので
毎日夕陽に向かって帰宅する
おとなとこどもの隙間としか
名づけようのない娘の日々を思い出せば
夕陽の大きさと
同じくらいの沈黙が
たくさんのつぐないを散りばめて
空を染めていく

昔のフランス映画を見た
最後まで気持ちのどこかに
昔の映画だという

うしろめたさのような
いいわけのようなささくれが
消えないままだった
最後のシーンでは
物思いにふける男が
ついに鳴り続ける電話に出なかった
失われた会話の夕暮れをみつめれば
娘が最後に
おとうさん
と呼びかけてくれた季節が
もう手の届くところにやってくる

さびしい買い物

どの提灯を
買ってやろうか
と母親に訊かれた
おまえの初盆を前にした
蒸し暑い夜だった
もうおまえには
こんなものしか
買ってやることができない
食べられもせず

おまえ自身が選ぶこともできない
提灯

買い物といえば
遠い病院からの帰りがけ
一緒に道の駅に降り立った娘は
喉も乾いていたはずなのに
そこでは何も買わなかった
トイレにだけ行って
ふう　とため息をついて
車に乗り込んだ
そしてずっと幼かった日に戻ってゆく
螺旋階段で下りてきたような
縄梯子が垂れて揺れるような

その幼い日
いつまでも暗くならない病室の中で
――ねえ、眠ってもいいの?
そんなことまで聞くんだ
そんなにもまっすぐで脆い問いに溺れて
いいよ
今度買い物に行く夢を見ようね
そう答える若く頼りない親がそこにいた

水になる

笹舟　短冊　精霊流し
浮かべて流れる私の気持ち
いっそ沈めば気が楽なのに
浮いている間は目をそらせない
ひとつところにすみかを決めて
腰を落ち着けあたりを見回す
そんな日が
いつ来るかと　いつか来ると
思いをめぐらせぼんやりと

道そのもののあざむきに
陰を付け加えて

瀬をはやみ

大晦日が近づくと
娘は豊満な筑後川の岸辺の街から
息子はか細い室見川のほとりの街から
育った高台のこの家に帰ってきた
娘はともだちのことを
惜しげもなくしゃべり
息子は実験の経過を
ぼそぼそと語った
食卓には

娘と妻がこしらえたおせち料理に
使いきれなかったものが並ぶ
好きなものほどたくさん買うので
年の瀬の夕食には
毎年娘の好きな
数の子と海老が続いた

去年の年末は息子ひとりが
就職して暮らし始めた大阪の
淀川に近いマンションから
この高台へと戻ってきた
娘が亡くなって
半年たった食卓には
やはり数の子と海老が薄く並んでいる

喪中なのだから
おめでたさなどさらさらない
娘が好きだったものを確かめるように
三人は黙って食べるのだ
娘も三途の川の水辺から
戻って来ることをあてにして

年の瀬とはどんな瀬だ
やはり流れは速いのか
姿さえなくして戻って来ようとする娘を
押し返してわれる滝川なのか
丘の上の家で
残った三人は
逢はむとぞ思　いながら

静かに数の子と海老を食べる

＊「瀬をはやみ岩にせかるる滝川のわれても末に逢はむとぞ思ふ」（崇徳院）

貧しい言葉

詩を書いているなんて
もはや恥ずかしくて
誰にも言えないと思った
いのちの最後の四十分間
俺はおまえの脚をさすり続けて
同じ言葉ばかりを
繰り返していたのだった
大丈夫だよ　と
大好きだよ　の

ふたつだけ
本当に貧しい言葉しか
持ち出せなかったあのときの俺
軽くて　ありふれて
色あせて　垂れ流される
それはただのノイズだ
言葉は俺を素通りし
俺も雫になって
言葉から抜け落ちて行っただけだ
落ちてどこへ行った

地球が円盤だった頃
周囲には海があり
外側は世界の果てで

円周の縁からは
滝になって落ちてゆく
その行方と釣り合う
俺の伝わらない言葉
さらに遡れば
ビッグバンの前は
宇宙には
時間がなかったという
おまえが力尽きる前の時間は
俺が漂うほど
たっぷりあったというのに

死ぬ間際
最後まで残るのが聞く力だと

そのときは知らなかったのだ
最期の時間を漂っていたのは
おまえではなく
俺の方だった
と気づいたのは
葬儀を終えてのちのこと
凪いだ心の沖合に
引き潮に招かれるように
にじんで広がる
言えなかった言葉たち

なりたいものは

おりこうにしていたら
なりたいものになれるよ
って
やさしく
はなやいだこえで
おじさんにもいってよ
こんなにいきていたら
おりこうじゃないことだって
いっぱいあったことを

みんなしっているから
いわないのかな
おとなになったら
おりこうじゃないことでも
しなければならないことが
たしかにあったさ
でもおじさんだって
たべたいものもあるし
ほしいものもあるように
なりたいものだってあるんだ
だから
だれかにきいてほしい
なんになりたいの
って

こんなゆうがたは
そんなといかけが
あかくそまって
どこかにころがっていそうで
やさしいかげがやわらかく
まのびをしている
いまからでもまにあうのなら
じつは
おじさんはわかがえって
おんなになって
おしゃれになって
けらけらわらって
そうして
おじさんよりはやくしんでしまった

おじさんのむすめに
なりたいのです

生きること　窓

息絶えた魚は夕方
鮮魚店の濡れたタイルの上で眠る
すでに自らも濡れているのに
さらに水をかけられて
目を見開いて眠る
それなのに人は
みんな眠るときには目をつぶる

美しいのは病院の窓だ

あらゆるガラスに
矩形の西日を染み込ませて
日が沈んだ後
ガラスに濡れた魚の目を重ねる

眠れなくてもいいさ
私だけ魚のように
目を開けて
通り過ぎる時間を
数えてみるが
時間ならいくらでもある
と
湯水のように
掃いて捨てるほど

惜しげもなく
ふんだんに
時間は通り過ぎてゆく
魚は姿勢をそのままに
タイルの上でほくそ笑んでいる

美しいのは病院の窓だ
しかし
外から眺めるのか
内から眺めるのかで
通り過ぎるものの速さが
違って見える夕方もある

私に呼びかける声がある

アンデスのモチェ

あんまり雨が降らないので
日干しレンガで
神殿を作ってしまった文明もあった
こわれたら
また作ればいいさと
のんきに

アンデス文明の中の
モチェは

インカよりも古く
インカよりも長く
ペルーの北部にあって
そこでは死んだ人たちが
生き生きと土器に描かれている
死んでいるのに
獲物を背負ったり
行ったり来たり
この世の女の肩を抱いたりする
死んでしまった人たち

もうすぐ私の町も
梅雨に入る
私は窓から

死者のような青空を見ながら
こわれたものばかり
思い浮かべる

この世の
美しい繰り返しはもはや
生き生きとした死者たちには
必要がなくなった繰り返しだ
私はこれみよがしに
心の中で繰り返し
同じ思い出をこわしてみる
かつて梅雨の終わりに
死んでしまった娘のために
思い出のもろい神殿を

こわしてみる
そしてこわしながらふと思う
置き去りにされたのは
あらゆる死などではなく
こわされた器だけだということを

浜辺の家族

あのころ揃っていた家族が
こちらに背中を向けて
浜辺に座り込んでいる
昼はうみかぜ
まだお父さんのことを覚えていて
ときおり娘の
お父さんが　とか
お父さんは
などという声が

海からの粘つく凪に乗って
とぎれとぎれに聞こえてくる
もっとよく見たい家族の後ろ姿
みんな丸い背中とそよぐ肩
夕方で曇っているために
光が弱々しい
この世の光じゃないふりをする
（まもなく凪だ）
娘は海からの凪に弄ばれる髪を
しきりに耳の後ろに挟もうとしている
おとうさんがどうしたの
もう少し大きな声で喋ってよ
そのとき
不意に晴れ間がのぞく

これでよく見えるかな
と思ったら
まばゆさは逆光で
家族は
明るさの中に沈んでいくばかりだ
沈んでいく三人を見ながら
私は取り戻せそうだった日々から
砂を払ってやる
けなげな
そのまばゆさに
息を預けて

あなた

あなたが
一枚のポートレートであったなら
たとえそれが美しかろうと
わたしはあなたを愛することはなかった
あなたがため息をつき
まばたきをし
声を上げて笑い
不機嫌に頬を膨らませるから
わたしはあなたを愛したのだ

たとえば
通りの向こう側から
手を振る見知らぬ女性がいたとして
どんな髪型であっても
どんな眼差しであっても
わたしはかまわない
だけどあなただけは
名前さえも
とりかえることができない人
赤ん坊の時から
死んでしまった今でも
あなたの記憶のまわりで
今年もまた
花がほころんでゆく

きっと花も記憶が息苦しくて
口をあけるように開くのだ

遠い影から

今日も違った一日だったのに
昨日と同じ夕焼け
もうお父さん来なくていい
と
どこで怒らせてしまったのだろうか
色もない
匂いさえないのに
その声は今も鮮やかに
私にまるく抱かれたがっている

おまえが一万日近く生きた中で
たったひとつの夕焼け
思い出の切れ切れ
私はそのアパートの部屋に
行きたくて行ったのかそれとも
行かねばならないと思ったのか

部屋に残されたカメラには
残照のように写真が残されていた
バラ園にむせながら
花を挑発したり
石像の前で手を上げて
まねてみたり
ともだちのあかちゃんを

きつく抱きしめる姿などもあった
思い出はいつも写真のように断片的だ
こま切れに散らばっていても
それぞれに光をためている

じゃあまた来る
その時は
そう言ったような気がする
そして今
はるかに遠い影から
私に呼びかける声がある
耳を澄ませると小さな声で
許してあげるよ　と
まるでからかうかのように

ストーマの朝

人間の盾に
新生児までが
使われてしまっていたとすれば
そして今
シファ病院はおそらく
世界で一番有名な病院になってしまった
重篤な新生児にさえ
着弾するものがある
空気さえもが強張る中で

親さえも行方が分からないこどもの
愛している愛していない
愛している愛していない
生きている生きていない
生きている生きていない
安静にしていなければならない
移動させなければならない
電気も水も薬品もないことが
命を揺さぶり続ける
そしてシファ病院以前にも
ウクライナで
盾になったこどもたちがいる
嘘です嘘でない
嘘です嘘でない

誰がついた嘘か

二〇一六年七月二十九日の福岡
暑い夏の日だった
四日前に六時間二十分の手術で
病変の腸を切除して
残された両端をつないだのだが
娘も安定しているとのことで
病院を後にした午後三時四十五分
夜までには
入れ替わりの妻が病室に着く
ハンドルを握る夕暮れは
まどろむ時間
大分までの運転は

眠気がもつれあうものだから
時々
腕を噛みながら運転した
大分にたどり着き
道沿いのファミリーレストランで
夕食を注文する
知り合いの詩のイベントに
間に合うかもしれないと思った矢先に
電話が入る
病院に着いた妻からだ
急変したので今から手術だと
来られる？
遠い声
来られる？

声がうずくまる
来られる?

知り合いに行けなくなったと電話をする
運転はもう無理だろう
たどり着きさえすれば
帰りは妻の車がある
自分の車を近くの実家まで置きに行くが
博多までの高速バスは
すでに最終が出てしまっていた
路線バスで駅まで行き特急列車に乗り込む
博多駅からタクシーに乗り
ぼやけて流れるいくつもの街灯と俺の視線
日付が震えて変わる頃

病院に着いた

俺が病院を後にした直後に
急に苦しみだしたとのこと
詩のイベントなどが
よぎらなければ
もっと付いていてやれたのに
腸のつなぎ目から膿や便が漏れて
一〇リットルの水で洗浄し
ストーマを造設したという
熱のこもる頭で何度も
今日一日を振り返る
急変の電話は
炸裂した着弾だった

激しく俺に食い込んでいくものがある
けれど夜中の病院は静かだ
何も破壊されていない
そして三時間余りの手術が終わった

ウクライナ　パレスチナ　南スーダン　シリア
イエメン　ミャンマー　イラク　アフガニスタン
そこでは病人でも病人の家族でも
銃の標的になり　治療を奪われ
ミサイルを撃ち込まれ
医療器具は散逸し
麻酔もなく
病室から火の手が上がり
カルテは燃えて

電気も水も失い

あの時俺は
そんなことなど考えずにすんだ
薬品も水も麻酔もあって
執刀医は娘ひとりに集中して
明るい手術室で
スマホのライトなど使わずに切開して
凍えるほど暑い夜は
しずくが落ちるように過ぎていった
夜勤のナースは
叫んだりおびえたりもせずに
足音をひそめて暗い廊下を渡り
医療機械の音だけが

小さく正確に響いていた
生きている　生きる　生かされる
手術を受けられた朝は
安らかにやってきた
ストーマを
娘の体に馴染ませながら

思い出せない夢

明け方　二度寝をした時に
おまえの夢を見た
ああいい夢だったと
起きた時には思っていたのだが
朝飯を食べてしばらくしたら
どんな夢だったのか
どうしても思い出せなくなっていた

おれはおまえの夢を見るけど

おまえはもう
お父さんの夢など
見ることはないんだな
そんなことを考えていると
雨が急に強くなった
何に腹を立てているのか

梅雨明けには
まだ遠い

道行

誰かにあげるふりをして
百合の花束を買う
誰かに持って行くふりをして
列車に乗り込み
窓の景色を抱く
この百合が枯れるまで
旅を続けるのだ
少しずつ固くなる花束が
やせた時間をずらせていくので

出かけるはずのなかった旅は
ひときわ旅らしくなっていく
景色だけがひるんで
固く口を結んでいる

今もなお

そういうことだったのか
撮られるということは

天皇は七十九年経った今も
マッカーサーの横に直立し
ゴジラは七十年前からずっと
和光を壊し続けている
安全への逃避を願う母子たちは
五十九年経った今も

ベトナムのロクチュアン村で
川岸にたどり着かない
コザの軍道で燃える車は
五十四年後の今も
炎を上げながら
そして
横井庄一氏は五十二年前から
敬礼の姿勢を保ち
七五六本目のホームランを打った王は
四十七年前から両手を広げて走っている
天安門では三十五年前からずっと
戦車の前に男が立ち続けて逃げない
私のアルバムにも
この世を旅立った娘が

高校時代に教室で
笑い転げたまま生きていて

世界はそのように
永遠に刻まれたいくつもの残像で
成り立っている
私たちはそのたくさんの
今もなお　を
自分なりに置き換え
自らを問うことで
私をより私たらしめんと
今日を生きるのだ
胸の奥のシャッターに
それぞれの指をかけながら

追熟

死が
生きた人の中にも積もれば
生が
時間の段落を超えて
死んだ人に注がれることもある

夢の中で君は
私が遅れる飲み会に
途中まで参加していてくれた

夢の中の店は
江戸屋という中華飯店だった
なぜ中華なのに江戸なんだ
と思いながら店に入ると
まだ小学生の君が
椅子に腰かけて
届かない足をぶらぶらさせながら
ビールを飲んでいた
おいしい　と聞くと
おいしい　と答える
じゃあお父さん来たから帰りなさい
と言うと周りで同僚が
まだいいじゃないですかなどと
君にビールをつぎ足す人も

君は夢の中でも人気者だ
飲んでいるうちに
高校生になり
大学生になって爪も伸ばし
社会人になって
遺影の笑顔で笑いかける

死が
折り返し点であることは
君から教えてもらった
折り返し点までの思い出と
折り返し点からは
すれちがいながら走る
与えられた時間を

生きるものとして

生は死のページを透かせば
薄く見える鏡文字
寄り添うというものでもないのだが
目配せくらいはする
息が見える寒い夜
誰も見ていない時に
星が小さく瞬くように

棺の中の君の顔は
淡雪のようだった
孵化も羽化も増殖も
みんな前のめりで

引くことを知らないように
もう見ることのできない
君の背中さえ
きっと新しくなって
私の中にあたたかく
深く積もっていくだろう

あとがき

亡くなった娘のことを書いた前詩集を作り終えた後、どこかでその気持ちに区切りをつけなければならないと悩んでいた時のことでした。私の迷いを見透かしたように、ある詩人が私に手紙をくださったのです。そこにはこのように書かれていました。「自分の書きたいものに自分から自粛したり、萎縮したりする必要はどこにもないはずです。」と。「泣きたいときには泣きましょう。恥じることではありません。」とも。そして前詩集を作った後も、さらに娘の詩を書こうとしながらそれをためらっている私に「後ろ向き」だと叱咤激励してくださいました。その方もまた、御伴侶を失くされたばかりの方だったのです。

娘は三歳で急性リンパ性白血病を発症し、五歳で再発、再再発を繰り返した後、寛解にならないまま骨髄移植を受けました。幸い手術も成功して無事に小学校に入学し、大学卒業までは、定期的に検査を受けるだけの日々が続きました。もちろん検査といっても、骨髄穿刺など激痛を伴うものもあったのですが、平穏な日々に、次第に本人も親も馴染んできていました。

それが大学を卒業して就職した一年目に滑膜肉腫を発症し、それを乗り越えかけた頃、大腸癌が見つかったのです。最後は再発した大腸癌によって、二十六年の生涯を閉じることになりました。治癒治療の間、娘を励ましていた私たち周囲の者は、延命治療に切り替わって以降、娘から生き方を教えてもらう立場に変わっていました。

詩集を作られた方であればわかっていただけると思いますが、長い人生の中でこの詩集を作らなければ前に進めない、という一冊があります。今回の詩集は私にとって、そのような詩集でした。詩集は三部構成です。最初が亡くなるまでの日々、次が亡き娘への悲しみ、そして最後が亡くなった娘との交感で、この最後の部分を書くのが、娘に対しての自分の務めではないかと思い始めていました。この詩集を作り終えることで、少しは娘の人生に責任を果たせたのではないかと思っているところです。

河野　俊一

二〇二四年春

著者略歴

河野俊一（こうの・しゅんいち）

一九五七年　大分県大分市生まれ

一九九二年　詩集『ひばりの口紅』（みずき書房）
一九九四年　詩集『今の顔』（みずき書房）（以上二冊は「清見翠」のペンネームを使用）
一九九七年　詩集『詩集抜粋日本国憲法』（みずき書房）
二〇〇二年　詩書『「さよリーグ・現代詩大会」とは何か』（鉱脈社）
二〇〇五年　詩集『陰を繋いで』（みずき書房）
二〇一四年　詩集『またあした』（秀栄社）
二〇一九年　詩集『ロンサーフの夜』（土曜美術社出版販売）

所属　日本現代詩人会、日本現代詩歌文学館評議員、大分県詩人連盟
　個人誌「御貴洛《おきらく》」編集発行
「詩学」新人（一九八三年・清見翠のペンネームで）

現住所　〒八七〇―一一八四　大分県大分市ふじが丘山手三―三―一〇

詩集　ストーマの朝《あさ》

発　行　二〇二四年六月三十日

著　者　河野俊一

装　幀　直井和夫

発行者　高木祐子

発行所　土曜美術社出版販売
〒162-0813　東京都新宿区東五軒町三—一〇
電　話　〇三—五二二九—〇七三〇
FAX　〇三—五二二九—〇七三二
振　替　〇〇一六〇—九—七五六九〇九

印刷・製本　モリモト印刷

ISBN978-4-8120-2833-9　C0092